Friedrich Torberg

Der letzte Ritt des Jockeys Matteo

Friedrich Torberg

Der letzte Ritt des Jockeys Matteo

Novelle aus dem Nachlaß

Langen Müller

Herausgegeben von
David Axmann und Marietta Torberg

Interpunktion und Orthographie
entsprechen dem Willen des Autors.

Schutzumschlaggestaltung: Peter Schimmel,
München
Satz: Josef Fink GmbH, München
Druck: Jos. C. Huber KG, Dießen am Ammersee
Binden: Thomas Buchbinderei, Augsburg
Printed in Germany
ISBN: 3-7844-2054-0

Wie der Jockey Matteo die breite Freitreppe des gräflichen Palais hinuntertappte, vorgebückt und verfallen, eine grenzenlose Schlaffheit in allen Gliedern, glich er einem abgewiesenen Bettelgreis. Aus. Endgültig aus, nun also doch. Seine Laufbahn war zu Ende.

Er trat durch die kleinere, dem mächtigen Bogenportal eingebaute Tür ins Freie, der dunkelblau livrierte Pförtner grüßte ihn, Matteo dankte nicht, vielleicht hat er den Gruß wirklich überhört, vielleicht will er es dem Mann bloß leichter machen, ihn ab heute überhaupt nicht mehr zu grüßen: einen abgetakelten Stallknecht grüßt kein gräflicher Portier. Er zog die Luft durch seine schmalen Nasenflügel ein, langsam und schmerzlich. Der klare, noch ein wenig strenge Frühlingstag tat ihm weh. An solchen Tagen begann die Saison, begann das Training, die Arbeit, das Leben.

Und hätte auch heuer wieder für ihn beginnen sollen. Und begann heuer für ihn nicht mehr, zum ersten Mal nicht mehr. Aus. Noch vor einer Stunde, noch vor einer halben Stunde hätte er nicht recht daran glauben können – und nun ist es aus. Der Graf Ottenfeld persönlich hat es ihm gesagt, nett und liebenswürdig gesagt, und es war eigentlich sehr schön vom Grafen, daß er sich zu so früher Stunde in die Kanzlei der Rennverwaltung bemüht hat.

»Schaun S' her, Pepi – es nützt ja nichts. Sie waren ja schon voriges Jahr fertig, und heuer geht's eben absolut nicht mehr. Müssen Sie ja selbst einsehen, Pepi.«

Pepi. Ein müdes, altes Lächeln verlor sich aus Giuseppe Matteos blassem Gesicht. Pepi. Wie wenn man eine Frau, von der man genug hat und die man jetzt loswerden will, gerade mit dem einen Kosenamen anredet, den man ihr in den schönsten Minuten gegeben hat. Denn das waren ja die schönsten Minuten gewesen, in denen er beim Grafen Ottenfeld »Pepi« hieß: nach seinen großen, nach seinen ganz großen Siegen. Nach den Siegen, die ihn für die Sportwelt zum »fliegenden Italiener« gemacht hatten, und für den Grafen eben zum Pepi.

Aber Giuseppe Matteo denkt jetzt garnicht weiter daran, was für ein großer Jokkey er einmal war. Er denkt nur daran, daß er einmal ein Jockey war, ganz einfach: ein Jockey – und jetzt ist er es nicht mehr. Er hat, solange er ritt immer geglaubt, es könne keinen gewaltigeren

Unterschied geben als den zwischen einem großen Jockey und einem unbedeutenden. Jetzt weiß er, daß kein Unterschied auf der Welt unermeßlicher ist, als der zwischen dem letzten Aushilfsreiter des letzten Provinzstalls, und einem der überhaupt kein Jockey mehr ist.

Und nie mehr einer sein wird. Denn das ist klar wie die kalte Sonne: wenn er einmal beim Grafen Ottenfeld kein Jockey mehr ist, dann ist er überhaupt keiner mehr. Nirgends, und bei niemandem. Die Abfuhr, die ihm überall zuteil werden müßte, die Erniedrigung, sich erfolglos anzubieten bei andern Ställen – diese letzte Bitternis konnte er sich ersparen. Er weiß wenigstens ganz genau und todsicher, daß er unbrauchbar ist. Der Graf hätte ihn sonst nicht entlassen. Der Graf hätte ihn gehalten, solange es irgend möglich war. Hätte? Hat! Er war ja schon voriges Jahr fertig, der Jockey Giuseppe Matteo. Und wenn man ganz genau sein will, eigentlich schon vor zwei Jahren. Aber damals ging's noch so irgendwie, damals ließ sich noch verbergen, daß die Dinge nicht mehr in Ordnung waren.

Vor sich selbst hatte er's natürlich nicht verbergen können, und vor dem Grafen auch nicht.

»Pepi«, hatte der nach einem dieser letzten Siege gesagt, die vielleicht noch ganz gut aussahen – aber niemand, außer eben dem Grafen, wußte so gut wie Matteo, daß es bitterlich schwer errungene Siege waren, beinahe schon verkappte Niederlagen –, »Pepi, Sie müssen aufpassen. Sie kochen zu viel, so wird's nicht gehn.«

Und um jene Zeit hatte er ja wirklich schon arg »abgekocht«, mit Mühe und

Gewalt sein Körpergewicht immer wieder heruntergedrückt, und von Mal zu Mal war es ihm schwerer gefallen, von Kampf zu Kampf hatte er's deutlicher gespürt. Einmal freilich, als er bei einem ausländischen Derby einen Sieg herausritt wie in seinen besten Tagen, als die Fachpresse sich einig war, daß »der fliegende Italiener noch lange nicht zum alten Eisen zu werfen ist« und Graf Ottenfeld so selbstverständlich von »seinem Pepi« sprach, wie wenn er ihn gestern zum letzten Mal so genannt hätte (es war aber schon Monate her) – dieses eine Mal hatte Matteo wieder glauben können, daß seine Befürchtungen doch nur grundlos wären und überflüssig. Kleine Opfer des Gemüts, die ein allzu Erfolgreicher den Göttern ab und zu darbringt.
Doch war es nach diesem letzten großen Sieg umso grausamer abwärts gegangen.

Anfangs versuchte er sich noch damit zu trösten, daß er nur »außer Form« sei, auch das kann vorkommen – obgleich es bei einem Mann von seiner Klasse nicht vorkommen soll. Versuchte sich einzureden, daß es an den Pferden lag oder an Zufällen – obgleich doch eher dieser letzte Derbysieg am Pferd und an Zufällen gelegen war.

Er hätte nach diesem Sieg sich zurückziehen sollen! Da wäre er eingegangen in die Geschichte als ein Großer, und hätte dasitzen können mit geheimnisvollem Lächeln: wenn ich wollte – wer weiß, ob ich nicht noch immer ... Ja, das wäre ein guter Abgang gewesen, nach diesem Sieg.

Leider fiel ihm das zu spät ein, und fiel schon wieder zusammen mit der Hoff-

nung, daß er nach der Winterpause umso strahlender auferstehen würde.
Es war eine nichtige Hoffnung, er spürte es beim ersten Ritt der nächsten Saison. Aber mochte seine große Zeit immer vorbei sein – er konnte wohl noch ein Jahr lang oder zwei eine ganz anständige Rolle spielen, als »Draufgabe« gewissermaßen? Nicht mehr die Klasse für sich, doch immer noch ein gefährlicher Routinier?
Nein. Er konnte nicht mehr. Er vergaß, daß schon die letzten Jahre diese »Draufgabe« darstellten. Er vergaß es, oder wollte es noch immer nicht wahrhaben. Wollte noch immer nicht glauben, daß er nun allen Ernstes und für alle Zeiten am Ende war. Er fluchte über die Zeitungen, die ihn brutal und unnachsichtig als abgetan bezeichneten: »Der fliegende Italiener fliegt nicht mehr«; die von Gerüch-

ten wissen wollten, daß er »seine bis vor kurzem so ruhmreiche Laufbahn noch heuer beendigen« werde; und die sich nach einiger Zeit überhaupt nicht mehr um ihn kümmerten. Gesindel, bestochenes! Ihm würde man nicht vorschreiben, wann er abzutreten hätte. Solange ihn der Graf Ottenfeld noch hielt, mußte wohl auch etwas an ihm dran sein. Der Graf, gerade weil er einen so großen und berühmten Rennstall hat, kann es sich nicht leisten, eine »erledigte Koryphäe« zu halten. Der Graf wird schon wissen, was er tut.

Und davon ist Giuseppe Matteo auch tief und keulenschwer überzeugt, als ihm in der Rennverwaltung oben zuerst der Direktor und dann der Graf Ottenfeld selbst das längst Geahnte und nie Geglaubte eröffnen. Und nicht aus Überraschung geschieht es, daß Giuseppe Matteo schweigt, sondern weil er das doch eigentlich alles weiß, was sie ihm da sagen. Und weiß, daß es darauf nichts zu antworten gibt. Ja, natürlich sieht er das ein. Nein, er macht sich nichts draus. Ja, er weiß, daß der Graf ihn gerne hat und ihn hielt, solange es nur möglich war. Nein, natürlich kann er sich nicht beklagen – der Graf war immer sehr nobel und ist es jetzt, beim Abschied, erst recht. Ja. Nein. Also –.

Nur Pepi hätte er ihm nicht sagen sollen, zum Schluß. Das klang ja beinahe wie ein Hohn.

Giuseppe Matteo hat sich ein hübsches Stück Geld zurückgelegt in den letzten Jahren. Er ist augenblicklicher Sorgen weit überhoben. Und so ist es ihm mit Leichtigkeit möglich, zunächst das Leben eines Sport-Habitués zu führen; also zum Beispiel auf den Rennplatz hinauszufahren und den Jockeys bei der Morgenarbeit zuzusehen. Freilich kann er das nur so lange, als es sich nicht herumgesprochen hat, daß er entlassen ist. Dann kann er es nicht mehr, dann kann er nur noch hin und wieder in der nahen Umgebung oder in einem mondänen Badeort auftauchen, wo es noch nicht alle wissen. Und dann ist es auch damit vorbei. Dann gibt es keinen einzigen mehr im ganzen Bau, der ihm nicht mit dieser gewissen herablassenden Hochachtung begegnet, hinter der sich seit langem aufgestapelte Schadenfreude nur dürftig verhehlt: na, jetzt weißt du's endlich; lang genug hat's ja gedauert.

Giuseppe Matteo hat sich ein hübsches Stück Geld zurückgelegt. Er könnte mit diesem Geld nun etwa den Buffet- und Kaffeehaus-Betrieb am Rennplatz in Pacht übernehmen. Oder vielleicht ein eigenes Kaffeehaus aufmachen, Café Jockey, Treffpunkt der Rennsport-Interessenten, sämtl. in- und ausl. Fachblätter liegen hier auf, Inhaber: Giuseppe Matteo. Oder er könnte mit diesem Geld sonstwas beginnen, was ihm ein auskömmliches Dasein sichern würde. Er könnte mancherlei. Aber er tut nichts von alldem. Sondern er besucht weiter die Rennen, wie ein gewöhnlicher Zuschauer anfangs, dann leidet es ihn nicht, er schiebt sich in immer größere Nähe der Start- und Stall- und Auffahrts- und der sonstigen offiziellen Räume vor, schlägt Krach, als er einmal von einem Ordner zurückgewiesen wird, der ihn nicht zu kennen behauptet, schlägt solchen Krach, daß die Maßgebenden – in deren Auftrag nämlich der Ordner ihn nicht gekannt hatte – halb aus Schreck und halb aus Pietät beschließen, ihm jeglichen Zutritt zu gewähren. Davon macht er gierigen Gebrauch, nun kann er sich wenigstens den Anschein geben als gehörte er noch dazu, als pausierte er freiwillig, oder als wäre er verletzt oder aus sonst einer vorübergehenden Ursache zur Zeit nicht aktiv. Und redet mit und mischt sich ein und tut Meinungen kund und gibt Ratschläge und ist dabei.

Solange, bis er unweigerlich merken muß, daß die Funktionäre und Reiter und Stallmeister ihm überhaupt nicht zuhören wenn er spricht, ihm kaum noch antworten wenn er fragt. Von da ab weicht er den inneren Gegenden des Betriebs in weitem Bogen aus, sitzt umso intensiver in den kleinen Kaffeehäusern herum, in denen die Tipster und Wetter zusammenkommen, er freut sich, wenn man ihn erkennt und ihn um sein Urteil fragt oder um Tips, er selbst spielt niemals, es gibt keinen Jockey zu dem er Vertrauen hätte, es gab nur einen und das war er selbst.

Einmal, es ist schon Herbst und die Saison geht ihrem Ende zu, begegnet er dem Grafen, will rasch vorbei, aber der hat ihn schon erkannt und angehalten: wie es

ihm denn gehe, und was er jetzt eigentlich treibe?
Vorläufig nichts, sagt Matteo. Aber er werde schon irgend etwas anfangen.
Na, das wäre aber schön, meint Graf Ottenfeld. Und was es denn werden solle?
Das wisse er eigentlich noch nicht, und es bliebe ja auch egal. Den Sport kann's ihm ja doch nicht wiedergeben.
»Immer noch traurig, Matteo?« Der Graf klopft ihm begütigend auf die Schulter. »Na ja, es ist ja keine Kleinigkeit. Gar, wenn's einer so lang gemacht hat wie Sie. Vielleicht ein bißchen allzu lang sogar. Aber eines Tags« – und Graf Ottenfeld schaut ein bißchen verloren in die Luft – »eines Tags müssen wir doch alle aufhören, da hilft nichts.«
Müssen, denkt der Jockey Matteo während er weitergeht. Müssen, müssen. Wer zwingt einen denn? Und eines Tags, eines

Tags. Aber wann? Wer setzt diesen Tag denn fest? Vielleicht der Graf Ottenfeld? Weil der Graf Ottenfeld ihn entlassen hat – ist denn damit schon das letzte Wort gesprochen? Hat er das denn schon für die letzte, in alle Ewigkeit gültige Entscheidung hinzunehmen? Wie? Wer war denn hier eigentlich der Jockey, wer war denn der Fachmann, wer muß das besser wissen: er oder der Graf? Eines Tags müssen wir alle aufhören, ach ja. Das mag schon stimmen. Aber wenn dieser Tag für ihn noch gar nicht gekommen ist? Und wenn er sich's in den Kopf setzt, das dem Grafen zu beweisen, sich selbst zu beweisen? Ein einziges Mal noch beweisen, nur ein einziges Mal! Er ist ja nicht wahnsinnig, er macht sich ja nichts vor, er weiß, daß es mit der Karriere vorbei ist, hol's der Teufel. Er will auch gar nicht wieder anfangen damit. Aber einmal noch reiten. Einmal noch zeigen, wer man war. Und wer man ist, immer noch ist, wenn's einmal drauf ankommt ...

Das sind natürlich Dummheiten, sagt sich Giuseppe Matteo in hellsichtigen Minuten bald darauf. Das gibt's nicht, und das hat gar keinen Sinn. Denn damit er sich jetzt, auch nur für ein einziges Mal, wieder in Form brächte – dazu wäre kaum weniger erforderlich, als um sich eine ganze Saison lang in Form zu halten. Und daß er das nicht mehr kann, ist ihm doch selbst schon viel zu klar geworden. Es verlohnt auch gar nicht die Mühe, wegen eines einzigen Mals. Und er hat es ja, wenn man die Dinge ruhig betrachtet, auch gar nicht notwendig. Schließlich und endlich war er nicht irgend so eine Null, nicht irgend so ein Dutzendreiter, der es nie zu etwas Rechtem gebracht hat und deshalb nie zu glauben aufhört, daß er's vielleicht doch noch zu etwas bringen könnte. Sondern er war, schließlich und endlich, der fliegende Italiener, und der wird er gewesen sein für alle Zeiten.

Giuseppe Matteo, zum ersten Mal seit jenem Frühlingstag in einer Art inneren Gleichgewichts, ist fest und ruhig entschlossen, sich jetzt aber wirklich vom Sport zurückzuziehen, vollkommen. Er will gar nichts mehr wissen von all diesen Dingen. Er wird keine Zeitungen mehr lesen und in keine Turfcafés mehr gehen und auf den Rennplatz schon gar nicht. Man ärgert sich nur, wenn man diese Nichtskönner mit den Pferden umgehen sieht. Einer wie der andere, er hegt gegen alle den gleichen Groll, nicht etwa gegen seinen persönlichen Nachfolger einen besonderen. Wie er ja auch keinerlei Schadenfreude darüber empfindet, daß es dem Stall Ottenfeld in dieser Saison schlechter und schlechter ergeht. Er will das bloß nicht länger mitansehen. Er hat genug von dem ganzen Krempel, und es interessiert ihn überhaupt nicht mehr. Vielleicht wenn er in drei, vier Jahren wieder einmal Lust haben wird – dann vielleicht, dann kann man wieder einmal hingehn. Aber jetzt ist Schluß. Ohnehin kommt die tote Saison, November, Dezember, Januar, Februar, März, ein halbes Jahr beinahe. Da gibt's keine Versuchungen, da wird man nicht schwach werden. Sondern stark.

November, Dezember, Januar, Februar, März – und weiß der Kuckuck wie das kam. Offenbar konnte man nicht Jahre und Jahre hindurch den ersten Trainingstag in allen Gliedern spüren, im Blut, im Hirn – und dann mit einem Mal nicht mehr. Offenbar erwachte Giuseppe Matteo an diesem Frühlingstag aus Gewohnheit schon gegen fünf Uhr morgens, und offenbar geschah es noch im Halbschlaf, noch gegen die bessere Planung eines tagwachen Willens, wenn er davon nicht weiter überrascht war, sondern mit Selbstverständlichkeit dachte: daß er jetzt natürlich zur Morgenarbeit auf den Rennplatz zu gehen hätte.

Als ihm dann klar wurde, daß er das durchaus nicht zu tun hätte und auch garnicht tun wollte, merkte Giuseppe Matteo sich schon so völlig wach und so völlig eingestellt auf »Rennplatz« und »Morgenarbeit«, daß ihm alles eher möglich gewesen wäre, als jetzt zum Beispiel wieder ins Bett zu kriechen oder gar zu schlafen. Er mußte also jetzt einmal seine Toilette beendigen und dann aus dem Haus – soviel stand fest.

Auf der Gasse draußen erwies sich, daß keineswegs jene Witterung herrschte, die Matteo vermutet oder gar gespürt hatte. Es war mehr als zweifelhaft, ob heute überhaupt schon Betrieb wäre. Matteo ärgerte sich, aus den verschiedensten Ursachen. Aber jetzt war schon alles egal, er ging seinen Frühstückskaffee trinken, ärgerte sich abermals, las die Morgenblätter, ärgerte sich von neuem, und nun schon so sehr, daß es nur noch ein einziges Gegenmittel gab: nachschauen. Sich selbst überzeugen, ob man wirklich schon so ein alter, verlorener Tepp war, daß man sich plötzlich einbildete, es müßte heute schon Betrieb sein – und dann war gar keiner.

Es war aber Betrieb. Matteos Ohr erkannte auf beträchtliche Entfernung gedämpften Hufschlag und, ein wenig später, schon die Gangarten. Es war sogar voller Betrieb.
Was Matteo an diesem Morgen, ausnahmsweise und nur weil er schon draußen war, zu tun sich gestattete und was er auf dem Heimweg, ingrimmig und fluchend, nie mehr zu tun sich verschwor, nämlich: der Morgenarbeit zusehn; weggehen wollen und bleiben; um die

Stallungen herumstreichen wie ein hungriger Wolf; an die Trainer und Jokkeys sich heranpirschen und glücklich sein, wenn sie sich zu einem Gespräch herablassen; dem letzten Stallburschen schöntun, damit man doch irgendwo noch einen Rest von Ehrerbietung fände; seufzen und wehmütig starren; Gebärden nicht sehn, Worte nicht hören; am Ende gar wissen was ist, und dennoch so tun als wüßte man nichts –: dies alles, alles spielte sich nicht bloß an jenem ersten Morgen ab, sondern am nächsten und übernächsten und an jedem folgenden genauso und viel ärger von Mal zu Mal. Und es kamen hinzu die Renntage und die Zeitungen und die Turfcafés und die Wetter und die kläglichen Versuche sich in den Betrieb einzuschleichen und ihr klägliches Gelingen und ihr klägliches Scheitern, es kam alles wieder hinzu und drang auf ihn los und zwang sich ihm ein und ließ ihm keine Ruhe, und ach, wir dürfen darüber mit barmherziger Eile hinweggehn als über die Stufen einer Entwicklung, welche überall und immer die gleiche ist. Und ob man diese Gleichung nun etwa in der Liebe suchen will oder im Trunk oder im Kartenspiel oder irgendwo sonst, wo unser dürftiges Benennungsstreben mit dem Philisterwort »Leidenschaft« hinzielt, der man dann also »verfällt« – solcher Leidenschaft war der Jockey Giuseppe Matteo verfallen. Allerdings auf eine edlere Art, als man Leidenschaften gemeinhin zu verfallen pflegt.

Er war verfallen jener heroisch unsinnigen Sehnsucht, die ihn vor Jahresfrist etwa, nach der zufälligen Begegnung mit dem Grafen Ottenfeld, erstmals und fernher überkommen hatte. Wahrhaftig, es ging ihm nicht um dauernde Befriedigung seiner Leidenschaft. Nicht um dauernde Erregung wie dem Kartenspieler, nicht um dauernde Betäubung wie dem Trinker. Am ehesten hätte sich der Jockey Matteo einem Liebenden vergleichen lassen, der eine Frau umwirbt: aber nur um sie einmal zu besitzen. Und weiß: dann wird er von ihr lassen oder wird sterben, es gilt ihm gleich.

Der Jockey Giuseppe Matteo wollte noch einmal ein großes Rennen reiten, noch einmal ein großes Rennen gewinnen. Und er wußte, daß er dann nichts mehr begehren würde, nicht vom Sport und nicht vom Leben, es galt ihm gleich.

Sie sind wahnsinnig, Matteo.« Graf Ottenfeld erhob sich aus dem Klubfauteuil seines Privatbüros. »Nur gut, daß Sie direkt zu mir gekommen sind – in der Kanzlei hätte man um die Rettungsgesellschaft telefoniert.«
Auch Matteo war von der Kante seines Stuhls auf die Beine geglitten. Nun stand er da, kleiner als zuvor im Sitzen, bleich und die Augen zu Boden. Eine Minute lang herrschte Schweigen.
»Wie stellen Sie sich das denn vor, Matteo.« Graf Ottenfeld brachte es nicht über sich, ihn so zu verabschieden. Vielleicht konnte er ihm die Hirnrissigkeit seines Vorhabens doch klar machen, vielleicht ihn irgendwie trösten, ihm irgend-

einen Ersatz schaffen, er wußte nicht was, es gab wohl auch nichts – aber so konnte er den armen Kerl wohl nicht weggehen lassen. »Schauen Sie, Matteo. Sie sind doch lang genug im Betrieb gewesen, um zu wissen, was Sie da für eine Unmöglichkeit verlangen. Ich hab mich doch nicht schlecht zu Ihnen benommen, wie? Sie werden mir also schon glauben, nichtwahr. Ich will Ihnen ja auch gar keine Vorwürfe machen, die müßt' ich doch zuerst *mir* machen – aber die letzten zwei Jahre waren schwach, Matteo. Sehr schwach. Und der Stall hat sehr darunter gelitten. Wenn Sie wüßten, Matteo, wie sehr. Na ja. Und heuer endlich hab ich wieder eine halbwegs anständige Saison gehabt. Bis jetzt. Und halbwegs, sage ich. Groß war sie noch lange nicht. Groß war sie zum letzten Mal vor vier Jahren, das wissen Sie so gut wie ich. Und groß könnte sie vielleicht heuer noch werden. Der Lupnik ist ein sehr tüchtiger Kerl, das müssen Sie zugeben. Er reitet die Belladonna das zweite Jahr, er ist fest auf sie, und er hat mir das Derby zugeschworen auf hopp oder tropp. Es hängt ja auch alles davon ab. Wenn er gewinnt, ist der Stall saniert. Wenn er verliert – Matteo, wollen Sie mich unglücklich machen? Muß ich Ihnen denn wirklich erst erzählen, wie das ist? Haben Sie den Odysseus schon gesehn? Wissen Sie nicht, wer ihn reitet? Den Odysseus wird der Kovácz reiten, nichtwahr? Wer der Kovácz ist, wissen Sie. Also. Das Derby ist für uns nur zu gewinnen, wenn alles klappt, aber schon *alles*, verstehen Sie? Und da kommen Sie plötzlich daher und wollen – gehn S', Matteo. Das meinen Sie doch nicht im Ernst.«

Matteo war während dieser ganzen Rede schweigend dagestanden, den kleinen Kopf tief auf der Brust. Auch jetzt rührte er sich nicht.

Graf Ottenfeld machte eine unwillige Geste – dann bezwang er sich, zog tief an seiner Zigarre, schob die bernsteingelbe Spitze mit wütendem Ruck von einem Mundwinkel in den andern, holte Atem. »Gut. Bitte. Gehen wir Punkt für Punkt durch. Dann werden Sie mich hoffentlich verstehen, Matteo. Also: wie lange sind Sie schon aus dem Betrieb draußen? Das zweite Jahr. Wie lange waren Sie schon vorher nicht mehr in Ordnung? Zwei Jahre. Sie sind also seit vier Jahren fertig, das kann man ruhig sagen. Meine Schuld, wenn Sie das nicht auch seit vier Jahren wissen. Und jetzt soll ich Ihnen plötzlich mein bestes Pferd geben und das Derby. Eine verrückte Idee, wirklich. Ich mach mich ja lächerlich vor der ganzen Welt. Und Sie machen sich auch lächerlich. Nur, daß Sie nicht so viel dabei riskieren, das ist der ganze Unterschied.«

Graf Ottenfeld hielt inne und sah Matteo an, der immer noch bewegungslos dastand. Jählings merkte er, daß dieser Mensch nicht lächerlich war, absolut nicht lächerlich. Eher schon ein bißchen unheimlich. Daß man ihm alles zutrauen mußte. Und weiß der Teufel, ob man ihm nicht auch – – Graf Ottenfeld stampfte auf. Himmelherrgott, wie kam denn gerade er dazu? Das hat man davon, wenn man sich mit diesen Leuten einläßt, er hätte ihn gleich hinauswerfen sollen, das ist doch zu dumm: jetzt hat er also wirklich und allen Ernstes eine Sekunde lang überlegt, ob man nicht doch – idiotisch.

Einfach idiotisch. Und Graf Ottenfeld machte seine Stimme scharf (machte sie scharf zum Teil schon gegen sich selbst), als er fragte:

»Wie alt sind Sie, Matteo?«

»Ich weiß«, sagte Matteo leise und ohne aufzublicken.

»Wieviel wiegen Sie, Matteo?«

»Ich weiß, Herr Graf.«

»Sie müßten in zwei Monaten schätzungsweise sechs Kilo herunterkriegen – wie wollen Sie das machen, Matteo? In Ihrem Alter? Ohne daß Sie dann sofort umfallen?«

Jetzt hob Matteo den Kopf und sah den Grafen an. Sein Gesicht blieb starr und seine Stimme leise:

»Ich werde es machen, Herr Graf. Und ich werde nicht umfallen.«

»So. Und Sie werden auch das Derby gewinnen, was?«

»Ich werde das Derby gewinnen, Herr Graf.«
Das hat Graf Ottenfeld schon vom Jokkey Lupnik gehört, mehr als einmal. Hundertmal.
Er weiß nicht was das ist: aber alle diese hundert Male, wenn er sie zusammentut, haben ihm nicht so überzeugend geklungen wie dieses eine jetzt von Giuseppe Matteo. Und Graf Ottenfeld brüllt so laut, daß er vor seiner eigenen Stimme erschrickt:
»Sie sind wahnsinnig, Matteo!!«
Giuseppe Matteo ist nicht ein kleines bißchen zusammengezuckt und senkt auch nicht den Kopf, nur die Augen heftet er wieder an den Boden als er antwortet:
»Ich bin nicht wahnsinnig, Herr Graf. Aber vielleicht muß ich wahnsinnig werden, wenn mich der Herr Graf nicht reiten lassen.«

Nur jetzt ruhig bleiben, denkt Graf Ottenfeld krampfhaft. Nur jetzt keinen Blödsinn machen. Ruhig, ganz ruhig überlegen. Der Lupnik ist ein tüchtiger Kerl. Die Belladonna ist ein prachtvolles Roß. Die Belladonna ist vielleicht sogar um eine Kleinigkeit schneller als der Odysseus. Aber mindestens um diese Kleinigkeit ist der Kovácz besser als der Lupnik. Um eine Kleinigkeit, aber die bestimmt und todsicher. Der Lupnik ist nicht so gut wie der Kovácz. War nie so gut, und wird nie so gut sein. Der Matteo war so gut wie der Kovácz. Er war besser. Er war viel besser, nicht nur um eine Kleinigkeit. So gut, wie der Matteo war, wird der Lupnik nie sein und auch der Kovácz nicht. Wenn der Matteo seine alte Form wiederbekommt, kann sich der Kovácz begraben lassen. Wenn der Lupnik seine allerhöchste Form hat, muß sich der Kovácz noch lange nicht begraben lassen. Wie steht das jetzt. Ruhig, ganz ruhig. Daß der Lupnik seine höchste Form haben wird, steht pari. Und wenn er sie hat, steht auch das Rennen erst pari, bestenfalls. Daß der Matteo seine alte Form wiederbekommt, steht 1 : 10. Aber *wenn* der Matteo seine alte Form wiederbekommt, steht auch das Rennen schon 10 : 1 für mich, das leg ich jedem, der's haben will. Wird aber keiner wollen, sondern es kommt eine ganz verkehrte Quote heraus. Ruhig. 1 : 10 und 10 : 1 gegen zweimal pari. Bin ich der Graf Ottenfeld oder nicht?

»Sie werden die Belladonna reiten, Matteo.«

Einen Augenblick sieht es so aus, als wollte Giuseppe Matteo hinstürzen. Aber es war nur ein heftiges Zittern, das durch seinen ganzen kleinen Körper

ging, und schon steht er wieder da, wie er die ganze Zeit über dastand, und spricht, noch ein wenig leiser als zuvor:
»Wenn sich's der Herr Graf vielleicht überlegen – und wenn mir der Herr Graf die Belladonna vielleicht wegnehmen – dann bring ich mich um.«
»Schaun Sie, daß Sie hinauskommen!« brüllt der Graf und schlägt die Faust auf den Schreibtisch, daß es dröhnt. »Ich hab gesagt: Sie reiten, und basta! Bin ich der Graf Ottenfeld oder nicht?«

Den Jockey Lupnik zu verständigen, läßt sich Graf Ottenfeld selbst angelegen sein. Ihm bangt ein wenig vor dieser Unterredung, er macht sich auf neuen Widerspruch und Widerstand gefaßt, den wird es zu beschwichtigen gelten und in die Zukunft zu überbrücken, denn nach dem Derby hat natürlich Lupnik seine Arbeit als erster und ständiger Jockey des Stalls wieder aufzunehmen. Sehr verständnisvoll wird man da vorgehen müssen, sehr viel geschickte Rücksichtnahme wird das kosten – zum Teufel! murrt der Graf in sich hinein, zum Teufel und zum Donnerwetter! Hab ich eigentlich einen Rennstall oder ein pädagogisches

Institut?! Und warum laß ich's überhaupt dazu kommen, zu dem allen?!
Es kam jedoch zu garnichts. Sondern der Jockey Lupnik nahm die Mitteilung des Grafen – die ja auch in eine höchst vorsorgliche finanzielle Regelung verpackt war – durchaus ohne Emotion zur Kenntnis. Er schob die Unterlippe vor, hob langsam die Schultern und ließ sie langsam wieder sinken, dann drehte er die Handflächen aufwärts und sagte:
»Wie der Herr Graf halt glauben –.«
Das war alles. Und Graf Ottenfeld konnte sich eines kleinen, verkniffenen Lächelns nicht enthalten, halb wehmutsvoll und halb von kindischer Gläubigkeit: als er der ungleich tieferen Beteiligung gedachte, die kurz zuvor Giuseppe Matteo an den Tag gelegt hatte. Es schien eben doch eine eigene und besondere Bewandtnis zu haben um diesen Pepi. Alter

Schlag, alte Schule. Wenn man sich dagegen den Lupnik anschaut, wie wurscht ihm alles ist ...

Später, auf dem Heimweg, stellte sich das dem Grafen Ottenfeld plötzlich ganz anders dar, auf eine sehr entgegengesetzte und bitterböse Weise anders: war nicht die glatte Bereitwilligkeit Lupniks beinah von jener Art gewesen, mit der man Wahnsinnigen entgegenkommt? Pst – nur keinen Widerspruch – jawohl – selbstverständlich – ganz Ihrer Meinung –?! Was könnte auch einer auf solch entwaffnend hirnrissigen Entschluß anderes tun? Kein Zweifel, Lupnik hielt ihn für verrückt. Und im Grund genommen war seine Reaktion die denkbar natürlichste. Der Matteo soll die Belladonna reiten?! Im Derby?! Wie der Herr Graf halt glauben ...

Die große, bernsteingelbe Zigarrenspitze machte auf diesem Heimweg ungezählte Male den Weg vom linken Mundwinkel in den rechten und wieder zurück. »Ich bin verrückt geworden«, stellte ihr Besitzer ebenso oft fest. Und nur ein einziges Mal gestattete er sich in halb erzwungenem Auftrotzen eine leise Zuversicht, daß seiner Verrücktheit am Ende das große Rechthaben beschieden sein könnte.

Aber das war ja völlig unmöglich!

Aber vielleicht doch?

Und mit diesem »Völlig unmöglich« und diesem »Vielleicht doch« hatte sich Graf Ottenfeld den höllischen Weg abgesteckt, auf dem seine Gedanken nun hin- und herzutorkeln hatten bis zum Tag des großen Rennens.

Indessen hielt man noch nicht so weit. Zunächst galt es, den Jockey Matteo auf seinen Posten einzusetzen – auch das wollte Graf Ottenfeld sich nicht nehmen lassen, aus vielen Gründen. Des Trainers wegen, des ganzen Personals wegen, der Kontrolle wegen, aus Aberglauben wohl auch, und vielleicht schwang da ganz unten eine kleine, rechenschaftslose Hoffnung mit, daß irgendetwas sich ereignen könnte und die ganze Sache würde undurchführbar und hinfällig. Was das etwa sein sollte, wußte Graf Ottenfeld nicht. Er konnte sich nur sehr gut vorstellen, wie er hierauf den Jockey Lupnik wieder auf seinen Platz beordern würde, kommen S' her da, Lupnik. Sie reiten natürlich die Belladonna, es bleibt alles beim alten –.

Am folgenden Nachmittag, als der Graf mit Matteo auf den Rennplatz hinausfuhr, mußte er sich solcher Gedanken

freilich ein bißchen schämen, und angstvoll schämen dazu. Wie er da seine Blicke ruhen ließ auf dem alten verhutzelten Zwerg, der sich fröstelnd in die Ecke des Wagenfonds verkauert hatte, stumm und mit bleichem Gesicht, nur die großen braunen Augen brannten hervor –: wahrhaftig, es wurde ihm nicht ganz geheuer zu Mut, wenn er sich jetzt noch vorstellen wollte, daß der Jockey Matteo das Derby etwa *nicht* reiten würde. Da hab ich mich ja auf etwas Schönes eingelassen, vermerkte der Graf neuerdings und mit wachsender Routine. Und: ich bin verrückt. Weiß Gott, ich bin verrückt. – Und die Bernsteinspitze wechselte mehrmals rasch hintereinander ihren Mundwinkel.
»Also kommen Sie. Wir gehen in die Box, die Belladonna anschaun. – Was gibt's denn?«
Matteo war stehngeblieben, mitten auf

dem Rasen, er hielt die Hände tief in den Manteltaschen vergraben und schnupperte mit halb geschlossenen Augen in die Luft.

»Kann ich sie nicht hier draußen sehn?« fragte er leise.

»Sowas«, murmelte Graf Ottenfeld und schüttelte den Kopf. »Sowas.« Offenbar sollte es bei dieser Sache auch in der kleinsten Kleinigkeit nicht normal zugehn. Und er rief nach einem Stallburschen.

Körper und Gesicht Giuseppe Matteos blieben völlig bewegungslos, als Belladonna an der unteren Breitseite des Platzes auftauchte. Man hätte schon sehr scharfe Augen machen müssen um zu sehen, daß es sich in Matteos Manteltaschen regte wie von geballten und wieder geöffneten Fäusten. Der Graf Ottenfeld jedenfalls sah das nicht. Er sah nur die Stute, die an lockerem Halfter langsam herankam, die Stute, die ihm das Derby gewinnen und den Stall sanieren sollte, die Stute, auf die der Jockey Lupnik prächtig eingeritten war, und die nun einem seit Jahren ausrangierten Matteo übergeben wurde, ich bin verrückt.

Belladonna war angelangt, bis dicht vor Matteo hatte der Stallbursch sie geführt, indessen Graf Ottenfeld ihr die letzten Schritte entgegengegangen war und sie langsam prüferisch umschritt. Matteo tat noch immer nichts dergleichen. Stumm und nun wirklich vollkommen reglos verharrte er vor der Stute. Er reichte ihr höchstens bis zur Kruppe, es konnte also nicht gut die Rede davon sein, daß sie sich »Aug in Aug« gegenüberstanden. Dennoch hatte es den Anschein danach, dennoch war es, als wollte der Jockey seinen brennenden Blick in den der Stute hineinbeschwören, und stand so da, eine halbe Minute, eine ganze. Dann geschah folgendes: Belladonna blähte die Nüstern, hob den braunen Kopf langsam und schmal in den Wind, nun würde sie wohl wiehern – aber sie wieherte nicht, sie stieg lautlos hoch, stand lautlos gegen den blauen Himmel gereckt wie ein Monument ihrer selbst, und ehe der verdutzte Stallbursch noch den Halfter angezogen hatte, war sie wieder auf allen vieren. Hätte Belladonna gewiehert, so wäre dieser ganze Vorgang nicht weiter absonderlich gewesen. Die eherne Stummheit jedoch, in der es vor sich gegangen war, verlieh ihm etwas Rätselhaftes, etwas Beängstigendes nahezu. Sicherlich hätte man ihn – weil ja dem Aberglauben weder Grenze noch Richtung gesetzt ist –

auch als »gutes Zeichen« deuten können. Doch stand dem Grafen Ottenfeld nach freundlichen Deutungen nicht der Sinn, und sein Gesicht verfinsterte sich sehr. Giuseppe Matteo war um keine Haaresbreite von seinem Platz gewichen. Jetzt erst trat er ein paar Schritte zurück: »Danke, Herr Graf«, sagte er. »Und morgen fang ich an.«

Der Jockey Matteo, einundvierzig Jahre alt und zweiundsechzig Kilo schwer, fing damit an, daß er sich ein andres Zimmer mietete, am fernsten, dem Rennplatz gerade entgegengesetzten Ende der Stadt. Ein großes, abseitiges Zimmer, er wird auch dort (und nicht nur am Platz draußen) seine Gymnastik betreiben können, vielleicht sogar Schnurspringen. Aber das ist nicht die Hauptsache. Sondern von jener Gegend aus sind es gute zweieinhalb Fußstunden zum Rennplatz, und das schon sehr eiligen Schritts. Matteo wird nur zwei Stunden brauchen, täglich zweimal, im hochgeschlossenen Jersey und darüber den dicken Winterpelz.

Oh, er weiß ganz genau, was er sich gerade noch zutrauen darf und was nicht mehr. »Abkochen«, mit Gewalt und rascher Überstürzung auf das nötige Gewicht kommen – das hat er sich vielleicht früher erlauben können, ohne Schaden zu nehmen. Diesmal nicht. Dies eine und letzte Mal nicht. Kein kleinster Fehler durfte geschehen, keine winzigste Unachtsamkeit, kein geringster Leichtsinn, nichts, überhaupt nichts was sich vermeiden ließ. Bis in dic unscheinbarste Verästelung galt es die Wege zu beobachten, die erst zusammentreffen mußten damit er ans Ziel gelangte. Einmal, ein einziges Mal noch – aber die vielen, vielen Male vorher haben ihm, alle zusammen, kein solches Höchstmaß an Balance abgefordert. Vielleicht deshalb, weil doch jedem von ihnen immer noch ein nächstes Mal gefolgt war, und das hatte er gewußt. Diesem folgte nichts. Und er wußte auch das.

Als er tags darauf zur ersten Morgenarbeit auf dem Rennplatz einlangt, fühlt er seinen Körper wie eine fremde Insel zwischen Strömen von Schweiß, es erstaunt ihn, daß diese Insel sich doch noch so deutlich sichtbar abgrenzt, daß sie nicht selbst schon verfließt. Ungläubig tastet er im Umkleideraum an sich entlang, legt seine Kleidung ab, Stück für Stück, schon steht er nur im Hemd – da fällt ihn ein Schüttelfrost so wild und jählings an, daß er zu Boden stürzt und sogleich wieder aufspringt, als hätte er sich gegen einen unvermuteten Angreifer zu verteidigen. Erst dann sinkt er endgültig zusammen, es währt Minuten ehe er die Kraft aufbringt sich in den Pelz zu hüllen. Dann ist es freilich bald vorbei, es lag wohl nur an der übergangslosen Schnelligkeit mit der er sich entkleidet hatte, das kann einem jeden passieren, und er wird sich gegen derlei vorzusorgen wissen. – Mit ungewohnt stapfenden Schritten legt er den Weg zur Box zurück.

Mögen andre auf Bergesgipfel klimmen, andre in steilem Flug zu den Wolken aufsteigen: von so hoch oben sieht keiner die Welt wie der, dessen Blick an der herrischen Wölbung eines Pferdehalses entlanggeht und zwischen Ohren hindurch in die Weite strebt. Giuseppe Matteo ist trunken von dieser Schau, die sich ihm wieder aufgetan hat, er buckelt sich vor, legt den Kopf gegen den samtharten Mähnenkamm, daß seine Augen gerade noch hervorlugen können, und ihr Blickfeld ist eingefaßt von den beiden braunen Spitzen wie von zwei Söllerzinnen. Ein Gedicht fällt ihm ein, das er vor undenklich langen Jahren hat auswendig lernen müssen, in seiner Triester Schulzeit, ein Gedicht, nicht das ganze Gedicht eigentlich, nur eine Zeile, »dies alles ist mir untertänig« hieß sie, und dann kam etwas mit König, gestehe, hier bin ich der König oder so irgendwie, dies alles ist mir untertänig, gestehe, hier bin ich der König – Mit scharfem Ruck reißt sich der Jockey Matteo in den Sattel zurück, so scharf, daß Belladonna aus der Gangart fällt und nach ein paar ratlosen Schritten beinah dem Zügeldruck zuvorkommt, der sie zum Stehen bringen soll. König? Hier bin ich der König?

Es geschieht vielleicht zum ersten Mal in seinem Leben, daß den Jockey Matteo jene komplizierte Regung überkommt, die manchem von uns als »Selbstironie« sogar ziemlich geläufig ist. Der Jockey Matteo hingegen weiß mit ihr nichts Rechtes anzufangen, sie bereitet ihm lediglich ein heftiges Mißbehagen, das er raschest wieder loswerden möchte. Und das gelingt ihm auch. Ein paar ärgerliche Falten haben sich in sein ohnehin arg zerfurchtes Gesicht geschnitten, die Lippen sind schmal zusammengekniffen, er hält den Atem an, aufrecht sitzt er da, seine Schenkel pressen sich gegen Belladonnas Flanken –: und jetzt könnte der Jokkey Matteo viel eher sich königlich dünken, denn dies hier, die angepreßten Schenkel und der gerade Oberkörper, dies ist seine Haltung, sein »Sitz«, der ausgewogene Balance-Sitz, den ihm all die

Jahre hindurch nur ganz wenige nachgemacht haben und den ihm heute wohl keiner mehr nachmacht, heute stehen sie alle in den Bügeln und strecken ihre Oberkörper lang und tief nach vorn und von Schenkeln keine Spur, wenn sie könnten ließen sie sich am liebsten neben dem Roß dahinhängen – aber er nicht, er sitzt, er reitet, das schärfste Finish durch und da erst recht. Gebraucht auch wirklich erst im Finish die Peitsche, frühestens an der Distanz, über die letzten hundertfünfzig und oft nur hundert Meter. Nicht wie die andern, die Barbaren, die schon zweihundert oder gar dreihundert Meter vor dem Ziel loszudreschen beginnen. Das hat er nie getan und dafür war er berühmt in ganz Europa, berühmt wie für seinen Sitz. Er ist ein Reiter, Giuseppe Matteo. – Und wie er da jetzt so sitzt und den Atem immer noch anhält, läßt er auch schon die Stute loskentern, scharfer Galopp, tausend Meter oder zwölfhundert und ...

Und nein, es hat gar nicht geklappt. Nicht mit dem Pferd und mit ihm selbst noch weniger. Er ist lächerlich außer Atem, als er dann in die nächste Kurve eintrabt, und seine Knie sind lächerlich schwach, er hätte keine zwanzig Schritt länger so durchhalten können, er ist fertig. Nach zwölfhundert Metern. Das Derby geht über zweitausendvierhundert.

Oben an der Stallseite steht Graf Ottenfeld, Matteo weiß nicht wie lange schon, weiß nicht ob der Graf ihn beobachtet hat und seit wann.

Der Graf sagt es ihm auch nicht. Sagt nur: »Guten Morgen«, und als Matteo absitzt: »Na?«

»Ich werde das Derby gewinnen, Herr Graf.« Matteos Stimme klingt ein bißchen tonlos. Aber so klingt sie schließlich immer, so klang sie auch damals, als sie den Grafen Ottenfeld bewog, die Stute Belladonna im heurigen Derby von Giuseppe Matteo reiten zu lassen.

Langsam sickerten die ersten Nachrichten über diese befremdliche Tatsache in die Öffentlichkeit. Man wollte zuerst nicht recht daran glauben, mutmaßte eine vorübergehende Erkrankung Lupniks, ein internes Zerwürfnis mit der Rennstallführung, einen Gagenstreit, alles mögliche, – und als nichts davon haltbar blieb, einigte man sich immer noch dahin, daß die Nachricht (wie der »Turf« es treffend formulierte) mit der »bei Stallgerüchten nötigen Reserve« aufzunehmen wäre. Und irgendetwas würde schon dahinterstecken. Denn daß Graf Ottenfeld, obendrein in der jetzigen Situation seines Stalls, den Jockey Matteo

ganz einfach reaktiviert hätte: das vermochte sich niemand vorzustellen.
Binnen kurzem vermochte es auch der Graf selbst nicht mehr. Er konstruierte sich die abenteuerlichsten Begründungen zurecht, nicht bloß zur eigenen Beruhigung, sondern mehr noch um den fassungslosen Vorwürfen seiner Freunde zu entgehen: was ihm denn da eingefallen sei? ob er sich vollkommen ruinieren wolle? ob die mühsam begonnene Erholung ihn schon wieder übermütig gemacht hätte? und was er sich denn überhaupt denke? Solcherlei Bestürmungen also begegnete der Graf mit geheimnisvoll selbstsicherer Abwehr, und wem der Weg nicht zu beschwerlich falle, meinte er zum Schluß, der möge sich den Jockey Matteo am besten bei der Arbeit ansehen.
Nun, das taten einige. Was sie sahen, war

ein prächtiges, tadellos gehaltenes und – soweit man das beurteilen konnte – in guter Kondition befindliches Pferd. Nicht mehr. Daß es der Jockey Matteo war, der mit diesem Pferd arbeitete, stellte sich garnicht in Betracht. Es saß da ein offensichtlich sehr routinierter und ebenso offensichtlich längst ausrangierter Mann, vielleicht kannte er das Pferd besonders gut, vielleicht eigneten ihm gewisse Fähigkeiten oder Kenntnisse, die es zur Not rechtfertigt hätten, wenn man die Stute bis zum Eintreffen des Derby-Reiters ihm in Obsorge gegeben hätte – aber daß er selbst sie reiten sollte? Im Derby? Gegen Kovácz auf Odysseus? Das konnte doch wohl des Grafen Ottenfeld wirklicher Ernst nicht sein.

Er war es aber, und auf eine immer verbohrtere, immer verzweifeltere Art. Die

Möglichkeit, alles rückgängig zu machen und zu retten was sich retten ließ, wurde mit jedem Tag geringer; und mit jedem Tag grub sich Graf Ottenfeld tiefer und unzugänglicher in die Sinnlosigkeiten einer nahezu höhnischen Zuversicht ein. Das ging so weit, daß er die wenigen Uninformierten, denen er dann und wann noch begegnete, triumphierend fragte, was sie denn zu diesem großartigen Einfall sagten, den er da gehabt hätte: die Belladonna von Matteo reiten zu lassen?! Und wenn sie ihn daraufhin verlegen anglotzen, wandte er sich mit einer Handbewegung ab: »Na ja – Sie verstehen eben *auch* nichts von der Sache.« Es fehlte nicht viel, und um Alexander Graf Ottenfeld wäre der Ruf einer leisen Unzurechnungsfähigkeit entstanden.

Aber so schlimm war das alles wahrhaftig nicht. Matteo hatte in vier Wochen ebensoviele Kilogramm wegbekommen, er wollte auch hier nichts überkrampfen, sechs im ganzen sollten es sein, länger als vierzehn Tage würde er sich, wenn er in vollster Kraft bleiben wollte, auf solchem Gewicht nicht halten können – also blieben ihm, dem insgesamt zwei Monate zur Verfügung standen, noch zwei Wochen für die restlichen zwei Kilogramm. Das war gut und vernünftig eingeteilt, er wußte und spürte es. Er war nun schon ganz richtig im Training, sein Körper gab sich ihm ganz richtig zu Gebot, Herz und Lunge hatten sich die kleinen Widerspenstigkeiten aus der Anfangszeit gehorsam abgewöhnt – wirklich, Matteo war soweit »fit«, er stand knapp vor Erreichung seiner höchsten Leistungsgrenze, und es gab keine Zweifel, daß er sie auch erreichen würde.

Und dann – ja, dann also wäre Matteo fast

so gut wie eine Reihe andrer, immerhin erstklassiger Jockeys, und man könnte ihn, des originellen Experimentes halber, sogar beim Derby reiten lassen, irgendeinen Außenseiter, es wäre doch ganz interessant zu sehen, ob dieser alte Routinier aus dem Rudel herauskäme oder nicht. So war das.

So war das, und der Jockey Matteo gab sich darüber keinen Täuschungen hin. Damals, als es sich in ihm festgesetzt und festgefressen hatte: daß er noch einmal reiten, noch einmal siegen müsse – damals mag er ein Schwärmer gewesen sein oder ein Phantast oder sonstwie verrückt und besoffen. Aber seit dem ersten Trainingstag ist er nüchtern, es kommt ihm dies alles durchaus nicht märchenhaft vor und nicht einmal sonderbar, es sind kalte und klare Dinge, und wer sollte sie einzuschätzen wissen wie sie sind, wenn nicht Giuseppe Matteo? Nun eben. Und Giuseppe Matteo weiß also ganz genau, wie alles liegt und sich verhält, weiß ganz genau, was er aus sich und was er aus der Stute herausholen kann, es ist nicht wenig, es wird bis zum Derbytag vielleicht noch ein bißchen mehr werden, – aber ist es genug, um ihn zu der Antwort zu berechtigen, die er auch heute, drei Wochen vor dem großen Tag, dem Grafen Ottenfeld auf das knappe »Na, Matteo?« erteilt: »Ich werde das Derby gewinnen, Herr Graf« – ist es genug? Er hat das schon oft gesagt, der Jockey Matteo, und niemals leer oder gedankenlos. Es lag immer und jedesmal sein Wille darin und seine Zuversicht und sein Bestreben und (was das Wichtigste war): seine Vorstellung davon, wie sich das in Wirklichkeit abspielen würde. Heute geschieht es zum ersten Mal, daß diese Vorstellung ins Wanken gerät, und daß in grauer Nebelhaftigkeit ihr Gegenteil ersteht: wie sich das abspielen würde, wenn er das Derby *nicht* gewänne.

Als Matteo – was er desgleichen jedesmal zu tun pflegte – die Antwort an den Grafen stumm für sich wiederholt, da lautet sie diesmal nicht: »Ich werde das Derby gewinnen«, sondern – er weiß nicht wie das kam und warum dieser Unterschied ihm so riesengroß scheint, daß sein Herzschlag aussetzt –:

»Ich *muß* das Derby gewinnen.«

Dann atmet er tief und pochend auf, zieht seinen Jersey an und seinen Pelz, und macht sich auf den Weg in sein einsames Zimmer; er legt ihn schon ohne sonderliche Anstrengung in einer Stunde und fünfzig Minuten zurück.

Noch vierzehn Tage. Der Betrieb auf dem Rennplatz wird lebhafter und dennoch ruhiger, es ist eine irgendwie feierliche Gedämpftheit, die über all das angespannte Treiben sich lagert. Sorgsamer werden die Pferde gehalten, peinlicher wird auf jede Kleinigkeit geachtet, die Zeremonie des Trainings wird mit einer nahezu angstvoll verbissenen Zähigkeit durchgeführt, als müßte man gewappnet sein für den jederzeit möglichen Fall, daß mitten hinein die Startglocke ertönte, daß es plötzlich ernst würde. Auf solche Bereitschaft scheint auch die stumme Erregung der Kiebitze hinzudeuten, die sich in täglich wachsender Zahl einfinden.

Giuseppe Matteo – er hält, programmgemäß, bei einem Gewicht von sechsundfünfzig Kilogramm – spürt diese Veränderung in allen Gliedern, wie ein Rheumatiker den Wetterumschlag. Schmerzlich spürt er sie, aber es ist ein süßer, ein wohliger Schmerz. Wild und gierig schnuppert er in die seltsam vibrierende Luft ringsum, in diese streng durchbeizte Atmosphäre, welche einmalig ist und gnadenlos in ihrer Einmaligkeit, er saugt sie ein und trinkt sie durch alle Poren, bis er so betäubt ist davon, daß es ihn fremde und schwere Mühe kostet, sich wieder ihrer drohenden Forderung zurechtzustraffen: »Ich muß das Derby gewinnen.« Denn das hatte sich ihm mittlerweile eingezwungen als die gleiche, alles überdrängende und einzige Möglichkeit einer Lösung, wie zuvor das verzweifelte Muß des Einmal-noch-Reitens. Nur daß es jetzt schon ganz allein von ihm abhing. Und um so viel war alles klarer.

Zehn Tage vor dem Rennen erschien unvermutet der Jockey Béla Kovácz auf dem Rennplatz. Béla Kovácz, der nicht erst seit Matteos tatsächlichem Abgang als der beste unter den kontinentalen Jokkeys galt und der immer erst am Tag, allerfrühestens am Vortag des Rennens an seinem jeweiligen Startplatz eintraf, kam zehn Tage vorher. Das lief allen Gepflogenheiten zuwider, und den Gepflogenheiten des Stalles Dobler-Denkstett erst recht. Denn Béla Kovácz war nicht bloß der beste, sondern auch der meistbeschäftigte und weitaus teuerste Jockey des Kontinents, und es war jedenfalls eine recht kostspielige Maßnahme, zu der man sich da bei Dobler-Denkstett veranlaßt zu sehen schien. Offenkundig auf Grund eines plötzlichen Entschlusses, denn vorher hatte nichts dergleichen verlautet. Plötzliche Entschlüsse werden aber meistens dann gefaßt, wenn eine Entwicklung sich nicht erwartungsgemäß vollzieht, wenn man einer unangenehmen Überraschung vorbeugen will. Und kein Anlaß, kein leisester Anlaß bestand für die Vermutung, daß man Kovácz auch dann zehn Tage früher hätte kommen lassen, wenn Belladonna im Derby von Lupnik geritten worden wäre und nicht von Matteo.

Der Jockey Matteo dachte das alles vielleicht nicht in solch streng gegliedertem Aufbau, und die Schlußfolgerung ergab sich ihm vielleicht nicht erst am Schluß sondern schon mittendrin oder gar am Anfang – aber sie ergab sich ihm. Und da war nach langer, langer Zeit das faltenfinstere Zwergengesicht Giuseppe Matteos wieder von einem kleinen, kindischen Lächeln überhuscht. Und die Worte, die er nach seiner kurzen Zwiesprache mit dem Grafen Ottenfeld still für sich wiederholte, lauteten: »Ich werde das Derby gewinnen.«

Es war dies übrigens jener Tag, an dem er mit Belladonna in einem ersten scharfen Trial über die ganze Distanz ging, und nachher geschah es zum zweiten Mal, daß Giuseppe Matteo ein bißchen lächeln mußte. Kovácz nämlich kam zu ihm in die Box: »Nagyon jó«, sagte er, und tätschelte nickend Belladonnas Flanken – so daß es nicht ganz klar war, ob diese lobende Charakteristik dem Reiter gelten sollte oder der Stute. Er sagte es aber gleich darauf ganz deutlich: »Sehr gutes Roß!« Und da also wurde

Matteos Gesicht abermals von einem Lächeln kurz erhellt.
Der Jockey Kovácz absolvierte am Nachmittag mit Odysseus noch ein paar kurze Galopps, zeigte den Stallburschen eine neue Art die Fesseln zu bandagieren, mit dem Trainer von Dobler-Denkstett besprach er sich knappe fünf Minuten, dem Jockey Föderl, der ständig mit dem Hengst arbeitete, drückte er zweimal kräftig die Hand. Am Abend reiste er ab.

Giuseppe Matteo erfuhr das erst tags darauf, vom Grafen Ottenfeld selbst. Und irrte in seinen kargen Worten und antwortete auf die nachfolgende obligate Erkundigung des Grafen: »Ich muß das Derby gewinnen, Herr Graf.«
Graf Ottenfeld merkte nichts und nickte angestrengt vor sich hin.
»Ja, Matteo. Das müssen Sie wirklich.«

Dann, plötzlich, blickte er auf, legte ihm die Hand auf die Schulter, blickte ihn ein paar Sekunden beinahe wehmütig an – und schob desto wütender die Zigarrenspitze in den andern Mundwinkel, ehe er sich zum Gehen wandte. Hielt aber nochmals inne und drehte sich um:
»Sie haben noch immer Zeit. Das Derby ist am achtundzwanzigsten.«
Matteo hörte ihn kaum. Er stand da und sagte es leise, verschwörerisch leise vor sich hin: »Ich werde das Derby gewinnen.« Und lächelte dabei, ganz anders als er gestern gelächelt hatte, es war ein stilles und nach innen gekehrtes Lächeln, das Lächeln eines der Abschied genommen hat, oder das Lächeln eines Wahnsinnigen, dem ein neuer, verwegener Einfall gekommen ist, und nun erst findet er sich ganz zurecht.

Der Tag war da. Matteo hat ihn nicht anders begonnen als all die Tage vorher, er ist zur gleichen Stunde aufgewacht, hat im gleichen Tempo den Weg zum Rennplatz zurückgelegt – nur dann, nachdem er bei Belladonna gewesen ist, schweift er ein wenig verloren durch die Auen und Wälder ringsum. Doch besänftigt sich diese Unruhe bald, gegen zehn Uhr vormittag legt er sich in seiner Garderobe auf die breite Massage-Pritsche, schläft zwei Stunden tief und traumlos. Dann nimmt er in der Kantine ein Glas Orangensaft zu sich und ein paar Stückchen Zucker, das ist alles. Hernach allerdings bringt er aus der Innentasche seines Rocks, mehrmals und sorgfältig verpackt, eine Zigarre edelster Marke zum Vorschein, setzt sie langsam in Brand und zieht mit so heftiger Inbrunst, daß seine eingefallenen Runzelwangen sich innerwärts beinahe berühren.

»Henkersmahlzeit?« Der Stallmeister setzt ein breites Lächeln auf und hebt einen saftigen Schluck aus seinem Bierglas, das er vor dem Niedersetzen, immer noch lächelnd, gegen Matteo schwenkt: »Prost!«

Es ist nicht zu ergründen, ob das, was nun geschieht, Matteos Entgegnung darstellt: nach ein paar langsamen, tiefen Zügen aus der Zigarre erhebt er sich und hält sie – die doch kaum angeraucht ist – dem Stallmeister hin, wortlos. Und geht wortlos ab, unbekümmert um den verdutzt ihm Nachblickenden.

Das war das letzte, was etwaige Zeugen, befragt über die Zeit vor dem Rennen, von Matteo auszusagen wüßten.
Dann sieht ihn erst wieder Graf Ottenfeld, da ist es schon drei Uhr am Nachmittag und der Rennplatz schon dicht gefüllt, nur auf der großen Tribüne gibt es vereinzelte Lücken – Vorkünder eines noch erscheinenden Glanzes, bald werden sie aufgefüllt sein von den allerbedeutsamsten Persönlichkeiten. Die sich aber in erklecklicher Zahl bereits versammelt haben und das Derby wie alljährlich so auch heuer zu einem »gesellschaftlichen Ereignis« und zwar »stempeln«. Lächelnd, allein, zu zwein oder in Gruppen, stehend oder mit betonter Gleichgültigkeit dahinwandelnd bieten sie sich den Augen der Neugierigen, den Kameralinsen der Fotografen dar, sind anwesend, haben es nicht versäumt,

kreieren einen entzückenden bzw. originellen Mode-Einfall, begeben sich, und: warten. Warten auf das große Rennen, dessentwegen sie eigentlich hergekommen sind. Tun das aber nicht etwa in größerer Erregung oder Konzentration als sie es seit Jahren zu tun gewohnt sind. Es wäre durchaus irrig zu glauben, daß die außergewöhnlichen Umstände, unter denen das heurige Derby vor sich ging, auch eine außergewöhnliche Spannung erzeugten. Im Gegenteil. Man ist sich ziemlich einig darüber, daß der große Kampf zwischen Odysseus und Belladonna (in dem man ja ohnehin eher den Hengst und seinen Reiter Kovácz zu favorisieren geneigt war) durch diese unverständliche Besetzung mit Matteo an Reiz und Möglichkeiten beträchtlich eingebüßt hatte, nun war Odysseus klarer Auf-Favorit, daneben rechnete man mit Come on! und Little Jackie, zwei Ausländern, die heuer schon interessante Erfolge buchen konnten, von den heimischen Vertretern galt Irrwisch, der sorgfältig trainierte Dreijährige eines Rennstall-Neulings, als Geheimtip – und in dieser Gegend ungefähr, so zwischen Little Jackie und Irrwisch, wurde auch Belladonna gewettet. Denn anderseits verhielt es sich ja nicht etwa so, daß man ihr alle Chancen absprach, dazu war sie ein viel zu leistungsfähiges Pferd und dazu hatte der Name ihres Reiters doch noch zu guten Klang bewahrt. Die Vorstellungen, die sich seiner Nennung unwillkürlich auch heute noch beigesellten, hatten sogar bewirkt, daß man da und dort in der Fachpresse immerhin die Möglichkeiten eines Duells zwischen Odysseus und Belladonna erwog, man war ja schließlich die längste Zeit darauf eingestellt gewesen. Freilich, wo solche Erwägungen angestellt wurden, fielen sie erst recht und eindeutig zu Gunsten Odysseus' aus. Vielleicht schon in der ersten Geraden, so meinte man, würde er diesen Separatkampf für sich entscheiden und weit genug von der Stute wegkommen, um im Finish vor unliebsamen Überraschungen gesichert zu sein. Dies stellte aber das Äußerste dar, was die öffentliche Meinung dem Jockey Matteo noch zutrauen wollte; und auch nur beträchtlich vorher, solange man eben noch Zeit und Muße hatte, alle Eventualitäten gründlich durchzusimpeln. Am Nachmittag selbst, und je näher das große Rennen kam, wurde immer weniger von Matteo gesprochen.

Matteo selbst bleibt unberührt von all dem, es dringt nicht bis zu ihm, er weiß es nicht. Er hat die Zeitungen nicht gelesen und sagt das auch dem Grafen Ottenfeld, als der ihn kurz und nebenbei danach fragt; sagt es mit einem verwunderten Aufblicken und mit langsam erst sich besinnender Stimme, als läge dergleichen jenseits aller Möglichkeit, als gehörte das Phänomen »Zeitung« zu einer Welt, der er, Matteo, schon längst und gründlich entrückt war. Solch entrückten Eindruck macht Matteo überhaupt und insgesamt. Und nicht allein Matteo, sondern ein wenig der Graf Ottenfeld auch. Wie sie da gehn und stehn, schweigend größtenteils, nur ab und zu wirft einer ein paar dürftige Wortbrocken vor sich hin und der andere antwortet gar nicht darauf oder erst viel später und etwas nicht Dazugehöriges –: man könnte sie ganz gut für zwei Wahnsinnige halten, und es ist eigentlich komisch zu bedenken, daß der

eine von ihnen Belladonnas Besitzer ist und der andere ihr Derby-Reiter.
»Eigentlich komisch«: das ist auch in der Tat der Tenor, auf den die Gedanken der beiden abgestimmt sind. Gar nicht »entrückt« übrigens, sondern beide, der Rennstallbesitzer Alexander Graf Ottenfeld und der Jockey Giuseppe Matteo, stehen sehr hart im Ablauf der gegenwärtigen Zeitspanne, und in die Gefilde des Wahnsinns entrückt scheint ihnen eher alles das, was bisher gewesen ist.

Komisch, denkt Graf Ottenfeld, eigentlich komisch: jetzt ist also das Derby, und ich lasse wirklich den Matteo reiten. Wirklich? Der Lupnik ist da, ich könnte noch immer zu ihm hingehn. Wie stehen die Odds. Nein, könnte ich garnicht mehr, es ist vorbei. Matteo, Giuseppe

Matteo, der fliegende Italiener. Leider bin ich irrsinnig geworden. Schade. Matteo auf Belladonna. Daß die Zeitungen überhaupt darüber geschrieben haben, ganz ernsthaft! Statt einfach zu sagen, daß mit Belladonna infolge einer unmöglichen Besetzung nicht zu rechnen ist. Na ja, das Geschäft. Und schließlich kann man wirklich nichts im voraus wissen. Komisch. Da hat man ein prachtvolles Roß, einen tadellosen Reiter, alles geht in Ordnung, und morgen muß ich den Stall auflassen. Das Defizit beträgt nämlich schon – wo hab ich mein Notizbuch. Mein Notizbuch hab ich vergessen, auch gut, man wird mich entmündigen. Es ist die lächerlichste Hochstapelei, die jemals da war. Wenn ich dem Matteo damals gesagt hätte, daß ich wirklich und wahrhaftig vor dem Zusammenbruch stehe, nicht nur mit dem Stall, als Ganzer,

und das Derby muß nicht nur den Stall retten sondern mich, überhaupt mich –: das hätte er vielleicht eingesehn. Was Geld ist, weiß ja so einer. Auch was Stolz ist, merkwürdig. Aber dann müßte er doch auch verstehn, warum ich ihm damals nicht alles gesagt hab. Ich werde es ihm jetzt sagen, nur damit er weiß, daß ich mich kaltlächelnd von ihm zugrund reiten lasse. Kein Mensch wird wissen was vorgeht, nur er und ich. Und nachher begeh ich Selbstmord, er vielleicht auch, aber wie komm denn ich dazu. Sie bringen mich ins Grab, Matteo.
»Matteo, Sie bringen mich ins Grab.«
»Nein, Herr Graf. Ich werde das Derby gewinnen.«

Komisch, denkt Matteo, eigentlich komisch, wie sich das so sagt. So einfach, so selbstverständlich. Wenn ich vor drei

Monaten gesagt hätte: »Ich werde das Derby gewinnen« – nein, das konnte ich ja vor drei Monaten noch garnicht sagen. Warum nicht? Weil es vor drei Monaten noch garnicht so war, daß ich das Derby reiten soll. Damit ich sagen kann: »Ich werde das Derby gewinnen!«, muß ich ja das Derby erst reiten. Und das ist das Komische: daß ich das Derby reite. Ich, Giuseppe Matteo, der fliegende Italiener. Das ist garnicht komisch. Ich hab wieder mit dem Training angefangen und hab sechs Kilo abgenommen, jetzt reit ich das Derby. Soll ich dem Grafen vorher die Hand küssen? Wenn ich etwas hätte, so würde ich es ihm vererben. Aber ich hab garnichts, nur noch diesen einen Ritt, diesen einen Sieg, wie soll ich weiterleben wenn ich nicht gewinne, da hätte ich ja noch eher weiterleben können ohne das Derby zu reiten, aber das konnte ich nicht. Schade, daß das, was bisher war, das Training und die Luft und das alles, schade, daß es nicht genügt. Vielleicht könnte ich dann glücklich sein. Das ist der Matteo, der schon zwei Jahre draußen war und sich dann noch einmal fit gemacht hat zum Derby, er hätte die Belladonna reiten sollen, dann kam das Erdbeben. Oder was weiß ich. Aber es genügt nicht. Dem Grafen Ottenfeld nicht, lieber guter Herr Graf, und mir auch nicht. Oh, mir auch nicht, oh nein. Nein, nein, nein. Nur jetzt nicht weinen, bitte nicht. Der Kovácz kennt mich, der Kovácz weiß wer ich bin, der Kovácz ist zehnmal gegen mich geritten und fünfmal hat er noch verloren, der Kovácz kennt mich ganz genau, er wird sich wundern. Alles ist plötzlich ganz fremd, aber so ist das immer vorher, erst nach dem Start kommt es in Ordnung. Noch einmal. Ich werde noch einmal reiten. Madre mia santissima, es ist mein letzter Ritt. Da steht der Graf und hat gesehn wie ich die Hände falte. Nein, er hat es nicht gesehn. Nachher wird er kommen und wird sagen: »Pepi«, wird er sagen, »Pepi, wenn Sie wollen, können Sie wieder für mich reiten, so etwas war schon da. Ich hab's ja gewußt, sonst hätte ich Ihnen die Belladonna nicht gegeben.« Und ich werde sagen: »Ich hab's auch gewußt, Herr Graf, sonst hätte ich Sie nicht um die Belladonna gebeten. Aber dankeschön, Herr Graf, ich hab's Ihnen nur noch einmal zeigen wollen. Und nicht einmal wenn Sie mir jetzt immer Pepi sagen werden, nicht einmal dann. Sie haben die ganzen zwei Monate nicht ein einziges Mal Pepi zu mir gesagt, und ich hab mich sehr gekränkt, Herr Graf. Das wollte ich Ihnen noch sagen. Aber jetzt ist alles gut, ich hab gewonnen, jetzt fahr ich auf Urlaub und schreib Ihnen eine Ansichtskarte, mit sehr viel blauem Himmel drauf, das hab ich mir immer gewünscht. Dankeschön, Herr Graf.« Und da wird er eine Weile nichts antworten, und dann wird er sagen: »Pepi«, wird er sagen, »aber Pepi –«

»Ich glaub, wir sind so weit, Matteo. Der Kovácz ist schon zur Waage gegangen.« Graf Ottenfeld mußte abräuspern, um seine Stimme freizubekommen. »Wie fühlen Sie sich, Matteo?«
»Danke, gut. Dankeschön, Herr Graf.«
»Also gehn wir.«
Sie gingen.

Von höherem und gültigerem Aspekt mag das, was nun bevorstand und sich ereignete, gleichgültig erscheinen oder gar anfechtbar. Mindestens aber gleichgültig. Und zur Legitimation solchen Blickpunkts genügt es schon, sich zu vergegenwärtigen, daß ja tatsächlich einer sehr großen Anzahl von Menschen dies alles gleichgültig war. Kaum fünf Minuten vom Ort des Geschehens lustwandelten sie und wußten nicht einmal, daß sich in ihrer nächsten Nähe etwas zutrug, geschweige denn: was.

Ähnlich allerdings verhält sich das immer und bei allem was geschieht. Immer ist es nur eine sehr geringe Anzahl, die wirklich und unmittelbar interessiert ist, und eine sehr große, die nichts oder nur wenig und Unklares davon weiß. Wären wir nun auch willens und in der Lage, uns diese Proportion der Beteiligung immer und bei allem was geschieht vor Augen zu halten – wahrlich, es stünde sodann höchst dürftig um die »großen Ereignisse«, die uns (meistens auf unerfreuliche Art) erschüttern, und unser Leben liefe weitaus friedlicher dahin. Doch sind wir leider weder willens noch in der Lage, solch überhöhten Blickpunkt zu erklimmen, und soweit unsere Voraussicht reichen kann, wird immer wieder eine bestimmte Anzahl von Menschen erregtesten Anteil nehmen an Ereignissen, die einer andern Anzahl von Menschen ziemlich gleichgültig sind, und umgekehrt, und beiderseits mit demselben Recht (denn von jenem höheren, uns verwehrten Blickpunkt erschiene ja alles – es muß gesagt werden: alles – gleich gleichgültig). Und es ist, da sich dies nun einmal so verhält, durchaus nicht statthaft, dem einen Ereignis die Berechtigung auf menschliche Anteilnahme zuzubilligen und dem andern nicht. »Verständnis« darf nicht immer gefordert werden. Aber man hat die gegebene Tatsache hinzunehmen, daß die am jeweiligen Ereignis interessierten Menschen (besonders während seiner Dauer) heftig überzeugt sind, es wäre das Wichtigste auf der Welt, und haben für gar nichts anderes Sinn und Begriff.

Dies galt auch für all die Interessierten am großen Derby, zu dem sich nun insgesamt vierzehn Pferde und vierzehn Jokkeys versammelt hatten. Und galt in besonderem Ausmaß für den Jockey Giuseppe Matteo, welcher noch einmal ein großes Rennen reiten wollte, noch einmal ein großes Rennen gewinnen, und er wußte, daß er dann nichts mehr begehren würde, nicht vom Sport und nicht vom Leben, es galt ihm gleich. Warum das alles sich so verhielt, wußte er in diesen Augenblicken freilich nicht mehr. Er war aber dennoch bereit, der bloßen Tatsache, *daß* es sich so verhielt, dieser nunmehr in vollstem Sinn unergründlichen Tatsache, bis in die letzte Konsequenz gerecht zu werden – wozu ja eigentlich ein jeder verpflichtet wäre, der überzeugt ist, das Wichtigste auf der Welt zu tun. Doch wird solche Verpflichtung, wie wir wissen, nur selten eingehalten. Wenn das aber geschieht, und gar bei einem so geringfügigen Anlaß wie einem Derby, und gar durch einen so geringfügigen Menschen wie einen Jockey, dann ist es doppelt bemerkenswert.

Folgendermaßen trug es sich zu, und trug sich viel schneller zu als nachheriger Bericht es wiedergeben kann – das ganze Rennen dauerte ja kaum mehr als zwei Minuten.
Der Start erfolgte glatt, Come on! setzte sich sofort an die Spitze, gefolgt von einer Gruppe, die ihrerseits von Irrwisch geführt wurde, und da waren auch Odysseus und Belladonna. Aus der zweiten Gruppe versuchte Little Jackie in der Kurve vorzustoßen, offenbar mit zu jähem Antrieb, sie kam aus der Fahrt, wurde zu weit hinausgetragen und war erledigt. Das schien keine günstige Prognose für plötzliche Vorstöße zu bedeuten, und in der nächsten Folge ereignete sich auch keiner. Irrwisch ging bis an Come on!

heran, dann fielen sie beide leicht ab, die entscheidende Gruppierung konnte nun nicht mehr lange auf sich warten lassen. Belladonna lag immer noch eingeklemmt. Es haben aber Stuten schon im allgemeinen die Neigung, an der Spitze richtig in Fahrt zu kommen und nicht im Feld. Bei Belladonna war das aller Erfahrung zufolge erst recht der Fall, und soweit man Matteo kannte, sagte auch ihm die Führung am besten zu. Indessen sah man Kovácz in der rot-weißen Dreß des Stalles Dobler-Denkstett eher eine Kleinigkeit vor den Ottenfeldschen Farben blau-orange, nun lagen sie voll in der Gegenseite.

Ob das noch ein »plötzlicher Vorstoß« genannt werden konnte, mit dem Matteo die Spitze nahm, ließe sich schwer sagen. Die Stute löste sich so leicht vom Feld, in so deutlich gesteigertem Regelmaß, daß

es schien, als würde sich der Abstand gleich regelmäßig immer weiter vergrößern, unaufhaltsam, das hinter ihr waren überhaupt keine Gegner. Doch zeigte sich bald, daß ihr Reiter sich da entweder übernommen hatte, oder aber das übrige Feld – nämlich die geschlossen dahinterliegende Gruppe Odysseus, Come on! und Irrwisch – hatte das Tempo gleichfalls gesteigert: jedenfalls kam Belladonna nicht weiter als auf höchstens drei Pferdelängen los. Die hielt sie.
Bis Odysseus aufrückte. Und wenn man schon von Matteos Ansatz den Eindruck der Unaufhaltsamkeit gehabt hatte: was war dann dieses hier? Wie wollte man dieses gradlinige Hinflitzen bezeichnen, in dem Kovácz nach vorn kam und bald an Matteo vorübermußte, mußte, bald, auf den nächsten Metern in der nächsten Sekunde, jetzt –

Es war am Ende der ersten Geraden, es waren jene tausend Meter vor dem Ziel, an denen Kovácz seinen Gegner doch abzuhängen hätte, um sich für alle Fälle gegen unliebsame Überraschungen zu sichern – so hoch hatte sich ja das höchste Vertrauen, das man bei klaren Sinnen für Matteo noch haben konnte, verstiegen. Und Matteo, der alte Matteo, hat es rechtfertigt. Hat gehalten, was man im besten Fall von ihm erwartete. Wenn man es recht besieht, so hat er das Rennen in seinem bisherigen Verlauf – und das waren fast zwei Drittel – zu einer richtigen Sensation gestaltet, hat dem besten europäischen Jockey tatsächlich allen Widerstand entgegengesetzt dessen er irgend fähig war, ein großer Kampf den er da liefert, sein größter vielleicht, der alte Matteo, es ist prachtvoll, es ist kaum glaublich, sie schreien sich die

Kehlen heiser, sie recken die Hälse und stehen auf den Fußspitzen, es ist »alles drin« was in dem Rennen nur sein kann, es ist genug.

Graf Ottenfeld, allein in seiner Loge – er empfand kein Bedürfnis nach Gesellschaft, und es hat sie wohl auch niemand gesucht – Graf Ottenfeld zählt zu den wenigen, die sitzen geblieben sind. Als Matteo an die Spitze gegangen war, hatte er aufzuspringen versucht und war gleich wieder niedergesackt, es trugen ihn die Knie nicht mehr, und alles, was er an irrsinniger Hoffnung in sich aufgespeichert hatte, war in diesem Augenblick so mächtig aus ihm hervorgebrochen, daß ihm ganz schwach und leer wurde und er zurückfiel auf seinen Sitz. Jetzt denkt er daran nicht, und nicht an Niederlage und

Ruin, beinahe dankbar überkommt es ihn, daß Matteo ihm doch zu diesem einen fassungslosen Ausbruch verholfen hat, zu diesem einen Augenblick voll feierlichen Wahnsinns, dankbar und wehmütig, auch so wird alles gut werden und das Leben wird weitergehn, dankbar und wehmütig, er hat getan, was er konnte, der alte Matteo, mehr hätte keinem Lupnik glücken können und keinem andern, und es wäre nicht halb so schön gewesen, weder Lupnik noch sonsteiner, man sieht es ja, man sieht ja daß gegen diesen Kovácz kein Aufkommen ist, und alles aussichtslos von vornherein, Matteo hat eben getan, was er konnte, was er nur irgend konnte, es ist genug.

In diesem Augenblick geschieht das Unverständliche, das Unfaßbare, das Tolle, und alles stürzt ein: Matteo, tausend Meter vor dem Ziel und den Gegner dicht hinter sich – Matteo gebraucht die Peitsche.

Jäh und unheimlich verstummt die Menge, dann wird ein einziger großer heiserer Aufschrei hörbar, ein Stöhnen beinahe, und dann schweigt es wieder eine Sekunde lang über sie hin, ehe vollends und entfesselt der Orkan losbricht. Tausend Meter vor dem Ziel die Peitsche! Es ist der nackte Wahnsinn, es ward noch nie gesehn und nie erhört, es gibt kein Pferd und keinen Reiter der solches überstehen könnte, und es ist unvorstellbar wie das enden soll. Die Peitsche zeigen – ja, das mag hingehn, auch früher schon, das hält ein jeder wie er will. Aber peitschen, richtig peitschen – vielleicht peitscht er nicht? Vielleicht zeigt er nur die Peitsche? Nein, er peitscht –: er ist verrückt geworden, er weiß nicht was er tut, der alte Matteo ist verrückt geworden.

Verrückt geworden? denkt außer aller Zeit so schnell der Jockey Kovácz hinter ihm, verrückt geworden? Wäre nur er allein und nicht auch das Pferd Odysseus, er hätte wahrscheinlich eine Sekunde der Fassungslosigkeit verloren. Aber es ist auch noch das Pferd Odysseus da und garnichts verloren, keine Sekunde, er bleibt dichtauf.

Der Jockey Kovácz ist nicht von heute und nicht von gestern, er hat vielhundert Ritte in den Knochen und im Hirn, mit allen Mätzchen und Kniffen und Schikanen, mit allen erlaubten und unerlaubten Tricks, mit all den großen und kleinen Zweifelhaftigkeiten, die auf den Rennplätzen der ganzen Welt dieselben sind.

Er ist ein abgebrühter Routinier, der Jokkey Kovácz, und er kann es nicht glauben, daß dieser Matteo (der ihm an Routine doch mindestens gleichkommt) sich da wahrhaftig benehmen sollte wie irgendein Laie und Anfänger, der es in kindischem Aufbegehren nicht leiden will daß man an ihm vorbeigeht, und also blindwütend auf das Pferd losdrischt, um das Unvermeidliche wenigstens hinauszuschieben, was dann geschehen soll bedenkt er nicht, mag nach ein paar hundert Metern das Pferd unter ihm zusammenbrechen, wenn er nur jetzt noch nicht überholt wird, nur jetzt noch nicht. Nein, das kann der Jockey Kovácz nicht glauben. Und der nächste Gedanke, der ihm durch den Kopf schießt, ist auch von gänzlich andrer Art, und man muß wirklich schon so abgebrüht und gefinkelt sein wie der Jockey Kovácz, damit einem überhaupt ein derartiger Gedanke kommt. Der Jockey Kovácz denkt nämlich: vielleicht markiert der nur? vielleicht haut der garnicht richtig hin? will mich nur bluffen und verwirren, damit ich glauben soll: er peitscht! links rechts, links rechts! damit ich glauben soll: das kann er doch nicht durchstehn – da muß ich ja im Finish umso sicherer an ihm vorbei – und indessen – – aber nein. Aber das gibt's ja nicht. Erstens brächte kein Balance-Künstler solche Körperbeherrschung auf, er müßte ja aus dem Sattel fliegen wenn er diesen Schwung knapp vor dem Auslauf immer bremsen wollte, und außerdem Terrain verlieren, es wäre sinnlos – und dann: ich seh und spür das doch, wie der da vorne hindrischt, links rechts, links rechts, ich hör's beinahe zischen und klatschen. Natürlich peitscht er wirklich. Er geht ja auch schneller, und ich kann jetzt wirklich noch nicht vorbei. Hab ich auch garnicht notwendig, weiß Gott. Das Rennen ist zu Hause. War immerhin schwerer als sich voraussehen ließ, aber jetzt ist es zu Hause. Eigentlich schade. Er ist verrückt geworden. Na, mir kann's recht sein.

Dies alles denkt, vom Bügel auf straff hingebogen an Odysseus' Hals, der Jockey Kovácz – natürlich »denkt« er es nicht eigentlich, es flitzt ihm wirr und alles zur gleichen Zeit durch den Kopf, wirr und dennoch klar, so klar wie die Situation selbst. Denn sie *ist* klar, da gibt es nun kein Für und Wider, kein Aber und Vielleicht. Sie liegt völlig diesseits von Zufall und Wunder. Ein Märchen-Zelter aus Tausendundeiner Nacht könnte das vielleicht durchstehn, dem könnten ja auch plötzlich Flügel wachsen. Doch finden eben Märchen in der Wirklichkeit nicht statt, und in der Wirklichkeit ist gar kein Zweifel wie das enden wird. Frag den letzten Stallburschen, frag den dümmsten Turfbesucher: »Was geschieht, wenn ein Jockey schon tausend Meter vor dem Ziel zu peitschen beginnt?«, und er wird dir die Antwort sagen, weil es nur eine einzige Antwort gibt. Wenn ein Läufer über eine halblange Strecke, über dreitausend Meter zum Beispiel, bei zweitausend plötzlich zu sprinten beginnt und einen Hunderter in elf Sekunden einschaltet, so muß er umfallen, auch wenn er groteskerweise noch eine Zeitlang die Spitze behält; wenn ein Boxer ungedeckt einen vollen Kinnhaken ausfaßt, so muß er umfallen, auch wenn er groteskerweise noch ein paar Sekunden auf den Beinen bleibt. Er muß, da gibt es keinerlei »Möglichkeiten« mehr, sondern nur noch zwangsmäßigen Ablauf. Er muß, das ist keinerlei »Ansichtssache« mehr sondern fundamentales Prinzip. Würde es aufgehoben, so wären die Naturgesetze außer Kraft und die Welt ginge in Scherben.

So weit allerdings reichen die Gedanken des Jockeys Kovácz längst nicht mehr, auch im leisesten ihrer Blitze nicht, und überhaupt zerbricht sich hier kein Mensch den Kopf um derlei empirische Begründung: es wissen ohnehin alle was bevorsteht, und wenn sie jener Sekunde, in der es sich vollstrecken wird, den großen Schrei aus tausend aufgeklappten Mäulern entgegenschleudern, so geschieht das wohl aus der halb schon irrsinnigen Hoffnung, daß sich diese Sekunde dadurch ein wenig hinauszögern ließe, denn nachher ist alles vorbei. Und aus der gänzlich irrsinnigen, daß ein jähes Wunder ihr überhaupt Einhalt geböte. Ach, nicht mehr viel entfesselter könnten sie brüllen und toben, wenn sie einen Kometen auf sich zukommen sähen, immer größer und unausweichlicher. Und nicht mehr viel irrsinniger wäre dann ihre Hoffnung.

Und Matteo auf Belladonna liegt immer noch um eine Pferdelänge voran und peitscht und peitscht links rechts links rechts und immer dichter immer schneller auf ihre Flanken ein, oh Gott und jetzt und jetzt, längst ist Graf Ottenfeld nicht mehr der einzige der sein Gesicht aschfahl in Händen birgt, es sind viele da die ihre Augen bedeckt haben, weil sie die Kraft verließ dies auch noch anzusehn, und spitzes Weiberkreischen neben dumpfem Stöhnen und neben Stummheit wild verzerrt, wie lang wie lange noch, jetzt peitscht auch Kovácz auf Odysseus los, links rechts links rechts und immer dichter immer schneller, vielleicht ist alles nur ein Traum, vielleicht haben sie mitten im Reiten die Dressen gewechselt oder vorher schon und so ist es gekommen, daß blau-orange der eine vor dem andern liegt rot-weiß, ein Traum, ein rechenschaftsloser, ein tobender Traum, zu Ende der Traum und Glockenklang schrill, und Wunder geschehen doch nicht, und es war doch allen so als wäre Matteo auf Belladonna als erster durchs Ziel gegangen, Matteo der tausend Meter vor dem Ziel zu peitschen begonnen hat, und Wunder geschehen doch nicht.

Die Barrieren splittern unterm riesenhaften Schwall wie Reisig nieder, dumpf vorwärts klumpt sich die Menge und dumpf hält sie an, von selbst, des rasch gezogenen Polizeikordons hätte es kaum bedurft, sie wollten garnicht weiter, sie wollten haltlos nur aus sich heraus. Von den Tribünen schwingen sie sich bündelweis und wild hinweg über Brüstungen Stühle Leiber, taumeln und fallen und reißen mit, aus seiner Loge halb ohnmächtig den Grafen Ottenfeld zerren Freunde empor und hinweg, was ist geschehen, denn Wunder geschehen doch nicht.

Nun: so war es auch kein Wunder was da geschehen ist. Oder wenn man will: ein Wunder zwar, doch gänzlich andrer Art als sie auf Rennplätzen sich allenfalls ereignen. Ein »Wunder« nur deshalb zu nennen, weil wir fassungslos und eben »wie vor einem Wunder« dastehn vor Einem, welcher bereit ist, sich bis in die letzte Konsequenz gerecht zu werden, und wäre es bei einem so geringfügigen Anlaß wie einem Derby, und wäre er ein so geringfügiger Mensch wie ein Jockey. Hätte Giuseppe Matteo tausend Meter vor dem Ziel sein Pferd zu peitschen begonnen, so wäre das Pferd zusammengebrochen, und er hätte nicht gesiegt. Hätte Giuseppe Matteo das Peitschen nur markiert, so wäre er aus dem Sattel geflogen oder die Balance hätte ihn Terrain gekostet, und er hätte nicht gesiegt. Und den Jockey Kovácz kann man nicht bluffen, und Wunder geschehen nicht.

Giuseppe Matteo hat nicht markiert. Giuseppe Matteo hat tausend Meter vor dem Ziel zu peitschen begonnen: sich selbst. Und hat bis zweihundert Meter vor dem Ziel, hat achthundert Meter hindurch sich selbst gepeitscht, sich selbst, seine Schenkel, seine Waden, links rechts links rechts, und immer dichter immer schneller, erst zweihundert Meter vor dem Ziel hat er dem Pferd die Peitsche gegeben, und der Jockey Kovácz, den man nicht bluffen kann und der dichtauf geblieben war, weil er im Finish doch umso sicherer an ihm vorbeikommen mußte, kam auch im Finish nicht an ihm vorbei. Sieger Matteo auf Belladonna, Stall Ottenfeld.

Matteo liegt noch immer an der gleichen Stelle wo er zusammengebrochen ist, ein paar Schritte von der Waage entfernt. Dort hat er sich noch hingeschleppt, ganz allein, wie er auch ganz allein absaß und ganz allein den Sattel abschnallte und dann also diese letzten Meter zur Waage hingetorkelt ist, schon durch das Raunen und Erblassen rings, aber da wußten sie noch nicht genau was los war. Erst auf der Waage oben merkten sie es jäh und wollten innehalten fassungslos, doch wies mit letzter bleicher Kraft ein herrisches Aufwärtsnicken Matteos den Waagenmeister an, der Vorschrift Genüge zu tun. Dann stand er auf, stand da, eine gespenstische Sekunde lang, trat ab, stand wieder eine Sekunde oder zwei, der Sattel entglitt seinen Händen, und endlich stürzte er hin, unwillig schien ihm noch zum Schluß, als würde er im andrängenden Wirrwarr kein Plätzchen finden auf das er sich niederlassen könnte – aber da wichen sie schon zurück, lautlos verschreckt, und keiner fing ihn auf, es schadete nicht mehr viel, sein ausgemergelter Zwergenkörper kam seitlich leicht und weich auf den Rasen zu liegen, dann erst, ehe er gänzlich reglos wurde, krümmte er sich rücklings hin. So lag er da, unter seinen Schenkeln hatten sich zwei kleine Blutlachen gebildet, in die es leise und beharrlich weitertropfte aus den völlig durchröteten Hosen. Man fürchtete sich, ihn überhaupt anzurühren, es schien, als müßten bei der geringsten Bewegung Bäche Bluts losbrechen.

Aber dem war nicht so, und der Arzt, der sich endlich doch bis hieher durchzuzwängen vermochte, sagte das auch. Da hoben sie ihn behutsam auf die Tragbahre, deckten ihn zu, trugen ihn durch ehrfürchtig entsetzt sich teilendes Spalier zum Sanitätsauto. Dort erst gelangte der Graf Ottenfeld an ihn heran, er wollte ihn anrühren, aber jetzt verbot das der Arzt, und Graf Ottenfeld ließ sich auch wirklich zurückweisen wie ein kleines Kind voll Angst, er sagte nur: »Pepi«, sagte er, »Pepi«. Erst als das Auto abgefahren war, begann er zu toben, zerknüllte seinen Zylinder, trat die gelbe Zigarrenspitze in Stücke, schrie: er wäre schuld, er hätte ihn nicht reiten lassen dürfen, aber der hätte sich dann vielleicht umgebracht, und was er denn jetzt tun sollte, was denn? Dann verstummte er plötzlich, seine Freunde begannen eifrig auf ihn einzusprechen, daß es schon nicht so schlimm sein würde und daß er doch das Derby gewonnen hätte, das Derby! – aber da bekam Graf Ottenfeld einen Weinkrampf und mußte rasch fortgebracht werden.

Der Jockey Giuseppe Matteo verstarb am nächsten Tag. Sein armer, geschwächter Leib war dem großen Blutverlust nicht gewachsen, auch funktionierte in den entscheidenden Augenblikken das Herz nicht so wie es sollte. Er starb, ohne das Bewußtsein völlig wiedererlangt zu haben, nur ein paar verschwimmende Augenblicke lang erkannte er die Stimme des Grafen, dann sah er noch eine Ansichtskarte mit sehr viel blauem Himmel drauf, das hatte er sich immer gewünscht. Und über seinem runzligen Zwergengesicht lag ein kindisches Lächeln.

Bitte
folgende Seiten
beachten

Leinen · 284 Seiten

Leinen · 380 Seiten